山鄉巨變

第二册

原著　周立波
改編　董子畏
繪畫　賀友直

上海人民美術出版社

内容提要

第二册講鄧秀梅去農民陳先晋家動員入社。在幾個子女的反復勸説下，陳先晋終于來到鄉政府，交上了土地證。而一心想單幹的菊咬金、秋絲瓜則固執己見，想盡辦法拒絶入社，鬧出不少笑話和違法勾當。

鄧秀梅、李月輝等堅持黨的政策，耐心地做工作，並對一些傳播在群衆中的謡言進行暗地調查。

一 鄧秀梅按幹部分工，到陳先晋家去做動員。這天傍晚，她到了陳家，陳先晋一家老小都在竈屋裏吃飯，看見秀梅進來，陳媽媽連忙放下筷子，站起身來招呼。

二 秀梅跨上一步，按住陳媽媽的肩膀說：“快不要起身，陳家媽媽，請吃飯吧。”她邊説邊看陳先晋，袛見他眼睛看着飯碗，袛管低頭扒飯。大春抬起頭來，對她苦笑了一下。

三　鄧秀梅口裏跟陳媽媽閑談，心裏却在想怎樣讓陳先晋搭話。不料陳先晋扒完飯，站起身來，擦擦嘴巴，對秀梅笑了笑說：“對不住，我出去有些事，你們多談一會。”

四　他不等秀梅答話，就拔脚出門。陳媽媽覺得過意不去，大聲問道：“天已經黑了，你還到哪裏去？”老頭子邊走邊說：“去借碾子。”一會兒就走得看不見了。

五 他一走，兒子大春、孟春，女兒雪春，全都怪老頭子頑固。陳媽媽向秀梅陪禮說：“鄧同志，請不要見怪。”接着說起他們家在解放前的苦况，扯起衣袖來擦眼淚。

六 秀梅也不提合作化的事，趁談家常的時候，細細探聽陳家的境况。大春、孟春都出去了，秀梅望望他們背影說：“你老人家的兒女個個好。”陳媽媽謙虚說：“大春嘛，就是會得罪人。”

七　秀梅笑道：“心直的人好。陳媽媽，你曉得嗎？村裏好多姑娘，都想做你老人家的媳婦呢。”陳媽媽聽了這話，不由自主地歡喜起來，把自己坐的竹椅子拉一拉，靠近秀梅。

八　一提起兒女親事，陳媽媽的話說不斷了。請大媒啦，備個“三茶六禮”啦，還請秀梅勸勸大春，早點定局。秀梅看看說話投機，便笑道：“放心吧，不用勸，大春衹想入了社，再談這個事。”

九 陳媽媽愣了一下，說：“入社是好事，就怕老頭子不答應。”秀梅小聲說：“盛家入了社，怕不肯嫁單幹户；何况大春不高興，也提不起結婚這個心思。”她細細説着入社的好處，到上了燈才告辭。

一〇 陳媽媽盤算了一日一夜，覺得入社没有虧吃，可是不敢向老頭子開口。第二天吃晚飯的時候，兒子、女兒却勸起老子來，都説單幹没意思，還讓人家説落後。

一一 陳先晋祇管低頭扒飯。雪春説："爹，你落後了，連累我們都抬不起頭來。"老頭子一碰桌子："混賬東西，再講，我一烟斗打死你！"説着，就舉起了手裏的筷子。

一二 陳媽媽慌忙用身子護住女兒，罵她："鬼丫頭，還不快吃完了睡去！"又勸陳先晋："老頭子，你犯不着生氣，她不懂事。"可大春緊接着勸起來："我説爹，你是個貧農，入社會吃什麽虧？"

一三　陳先晋不聲不響，吃完飯，坐到竈下撥弄柴火。大春搬了一個小凳，坐到他身邊，從解放以來他們家的情況説起，一直説到目前："爹，你想，這幾年我們得了政府多少好處，你還不相信？"

一四　雪春、孟春也在旁邊一句接一句地説。老頭子盤算來盤算去，下不了决心。他望望陳媽媽。陳媽媽壯起膽，把盤算了一日一夜的話，露了一句："大家都説入社好，就先進去看看吧，你説呢？"

一五 陳先晋又低頭撥火，暗想：兒女、老婆都想入社，自己年過半百，何必硬不放手？算了，反正單幹也没發過財。他站起身來，向屋裏走去，走到門口，才忽地回過身，猛喝了一聲：“入吧！”

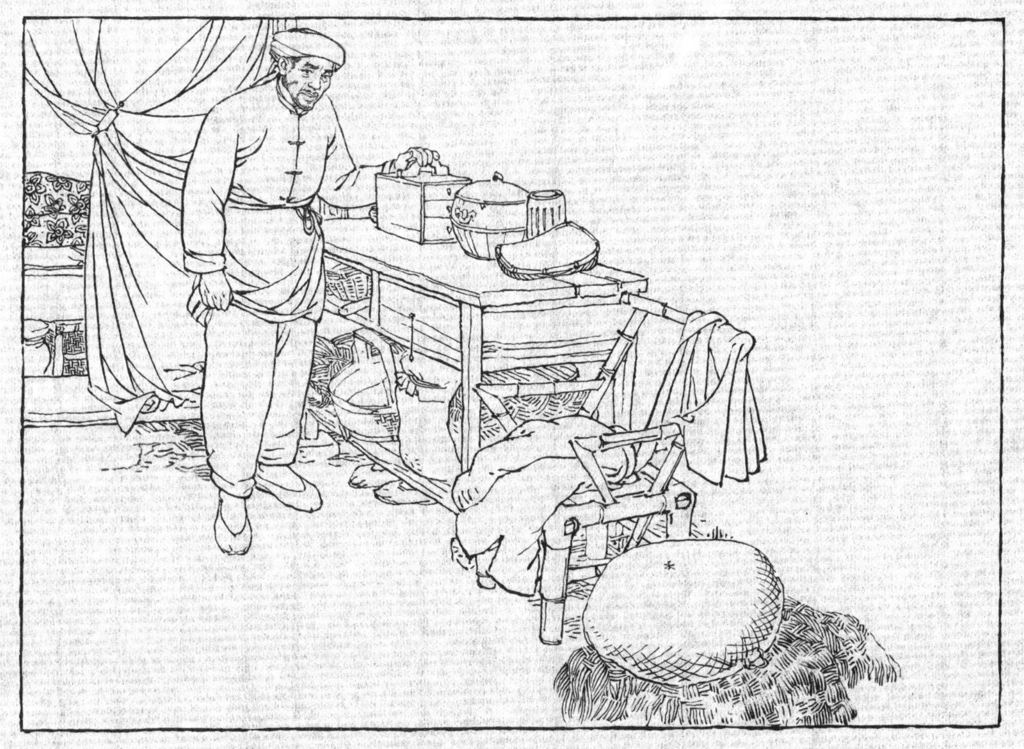

一六 兒女們在外屋歡笑，可是陳先晋在裏屋發呆。他想起，田是政府分的，入社也算了，可後山的幾塊地，是他跟爹起五更，睡半夜，吃着土茯苓，忍饑挨餓開出來的，如今也不能留着？

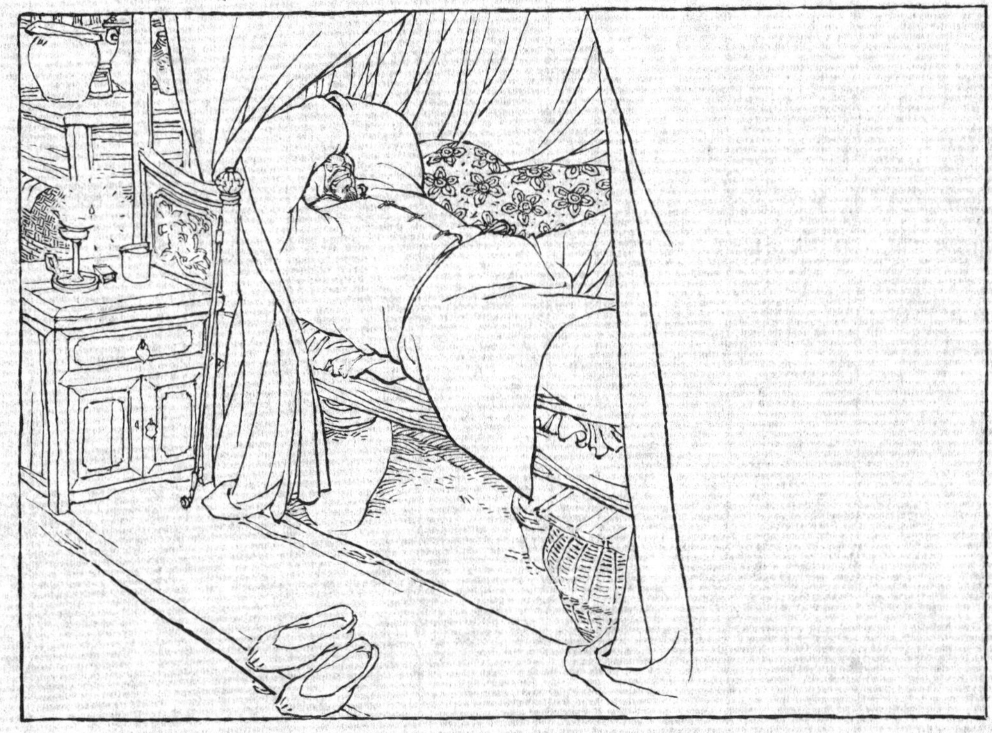

一七 想起爹臨死的時候，含淚對他説：“這幾塊地，是自家開的。地方雖小，倒是個發財的根本。你把我葬在地邊，讓我保佑你越做越發。”他想着，眼眶也有些濕了。

一八 他一夜没有睡好覺。第二天一早，臉也不洗，拿起扁擔和柴刀，上山砍柴。他的山跟菊咬金的山隔鄰。菊咬金也是個勤儉人，這時已經上了山，見面就招呼起來。

一九 两人一扯談就談到了合作化。菊咬金試探着說："你入不入？"陳先晋說："我打算申請。"菊咬金愣了一愣，才冷笑說："好呀，這下看你要發財了。"

二〇 陳先晋嘆了一口氣說："哪裏會發財，我也是没辦法才申請。依你看，他們的做法行不行得通？"菊咬金不答話，却把柴刀塞在腰帶裏，凑了過來。

二一 原來菊咬金早已看上陳先晋，準備等大家入了社，就約他合夥搞單幹。這時他蹲在地裏，四下望了望說："你想想吧，田還是這些，没添一畝，一家伙把少田户都拉進來，田多的還能不吃虧？"

二二 陳先晋低頭不響。菊咬金湊到他耳邊說："告訴你，聽説還要包下那些鰥寡孤獨，你説都吃哪個的？而且二三十户扯到一起，袛能忙吵架，哪來種田的時間？"

二三 陳先晋平時佩服菊咬金的盤算好，聽了這場話，又覺句句有理，就說：“依你說，入社是找當上，那我還要等一等。”菊咬金輕快地站起來說：“你要不入，我也不入，我們合夥單幹。”

二四 菊咬金走了。陳先晋左思右想，不得主意。他祇砍了一擔柴，就懶洋洋地收拾回家了。

二五　他回到家裏，扒了兩口飯，倒頭就睡。陳媽媽慌了，老頭子一生從來没有在白天睡過懶覺，今天怎麼啦？她坐在床邊上，關心地説：“我去煎碗薑湯你吃吧？”老頭子却衹説了聲：“不要……”

二六　他睡到傍晚才起床，跟兒女們一起吃了晚飯，便圍着火爐烤火。大春在爐裏加了兩塊松木，對雪春説：“妹子，拿副紙筆來，我幫爹寫申請。”雪春没動，孟春却去取了紙筆，擺在桌上。

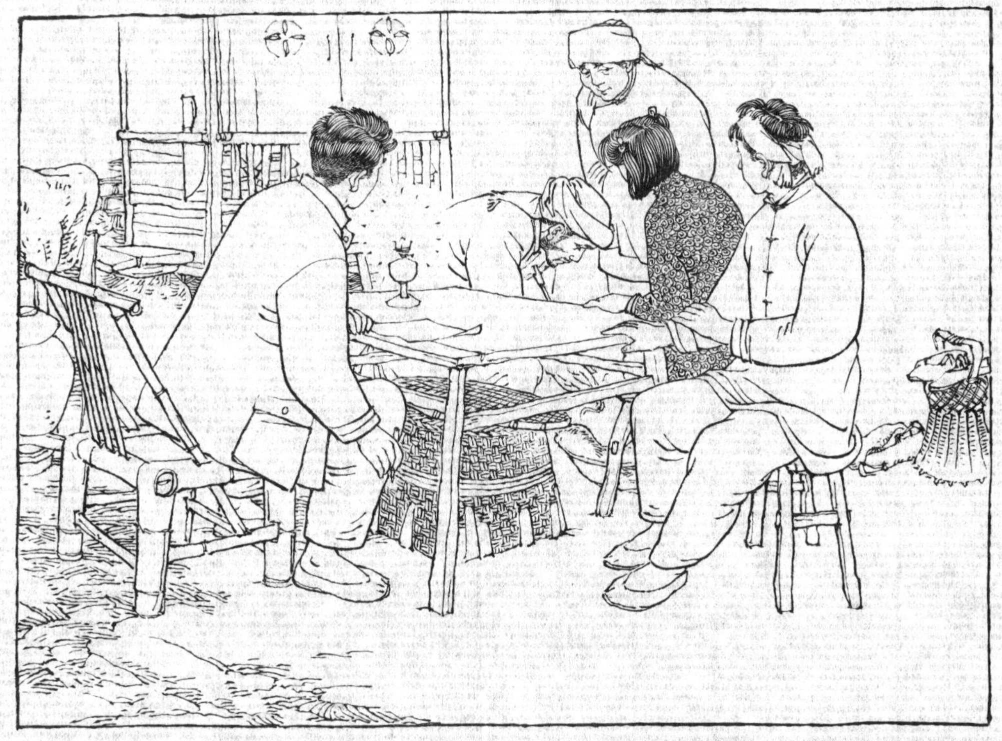

二七 大春提起筆問：“爹，你説如何寫？”陳先晋頭也不抬地說：“我想來想去，覺得不妥。龍多旱，人多亂……”話没説完，雪春就接了口：“爹，又是聽了哪個的？你三心二意，真不顧面子。”

二八 陳先晋祗是不響。大春壓不住火，跳起身説：“不入算了，哪個求你！看你單幹到幾時？”陳媽媽嘆了一聲，勸起老頭子來：“我看入了算了。你單幹了四十年，發過財没有？”

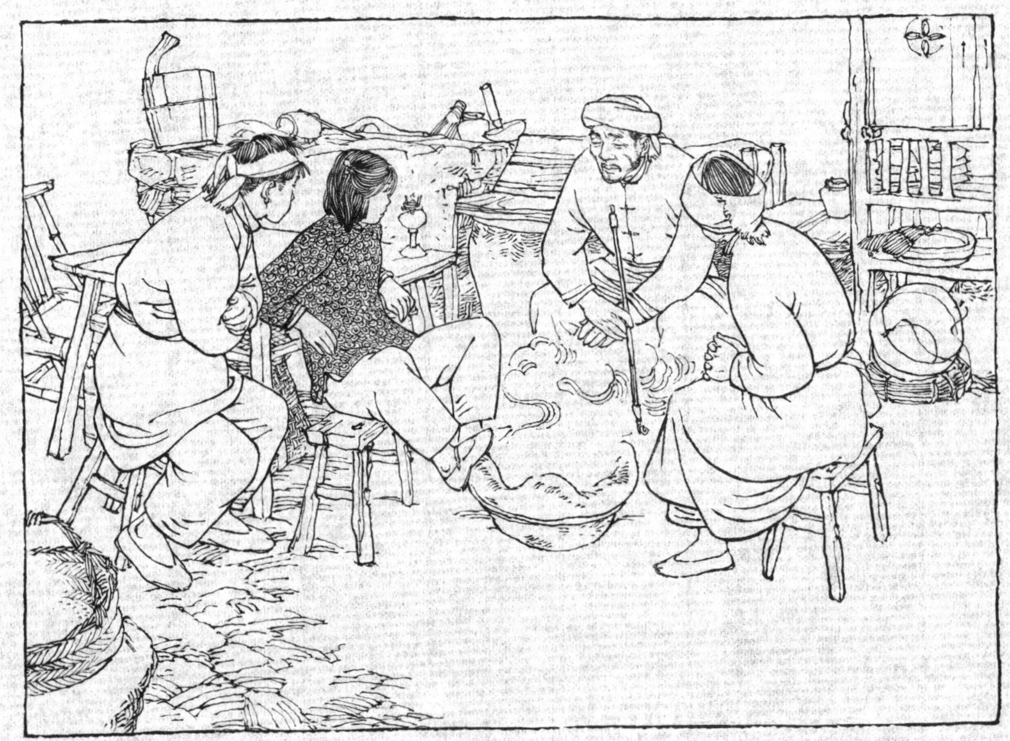

二九 陳先晋摇了一下頭：“哪個想發財，我衹想吃口太平飯。入了社，壞了事，我一家靠哪個？”陳媽媽説：“我有大春，不要你管。”雪春説：“我也不要爹照管。”孟春説：“爹，别擔這種心啦。”

三〇 老頭子反背着手，在屋裏走來走去。雪春見他猶疑不定，索性逼一下，説：“爹真不入，我們把田分開，我帶我的去入社。”説着，拉拉孟春。孟春輕聲説：“我也把我的帶走。”

三一 陳先晋瞪了他們一眼，又在屋裏走。雪春輕輕跟媽媽講了幾句。陳媽媽吞吞吐吐説：“我，我也帶了我的走。”這一來，老頭子氣得跳起脚來：“你們都走，都滚！如今的兒女有什麽用！”

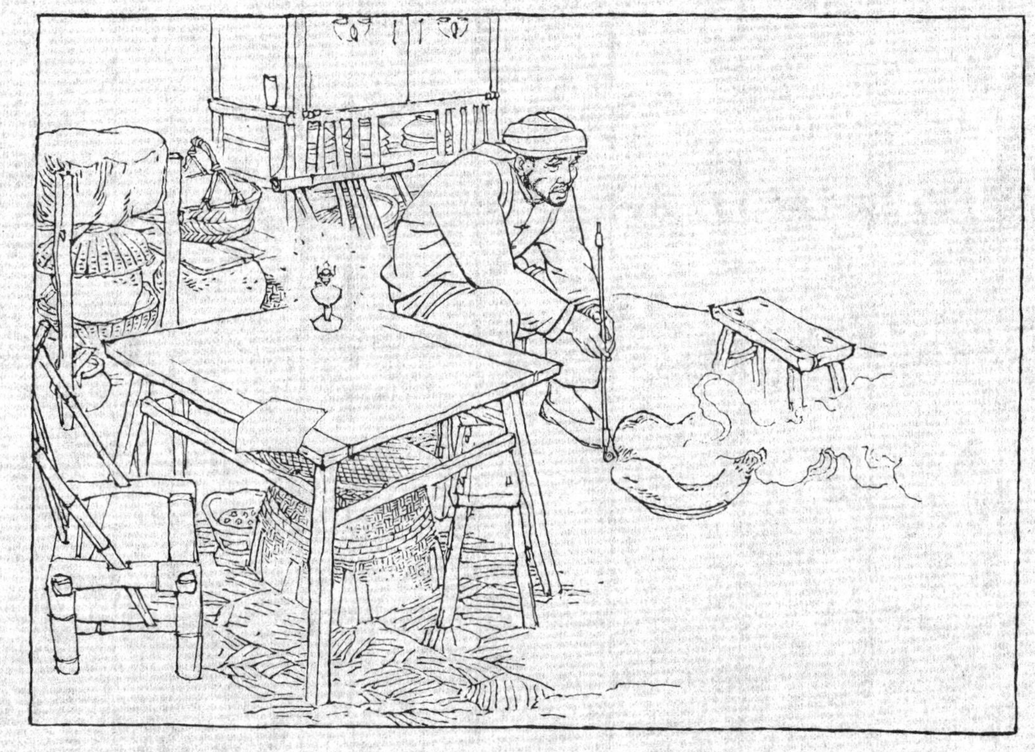

三二 陳媽媽見他發火，忙帶着兒女，都去睡了。陳先晋獨自坐在火爐邊，把四十年來的苦日子一遍一遍地想，到鷄啼也不想睡。陳媽媽在裏屋唤道：“睡吧，明天還要去挖土哩。”

三三 四十年來的勞動，養成陳先晋的一個習慣，聽到要挖土，就能丢開一切心事。他弄熄了柴火，摸進房去。

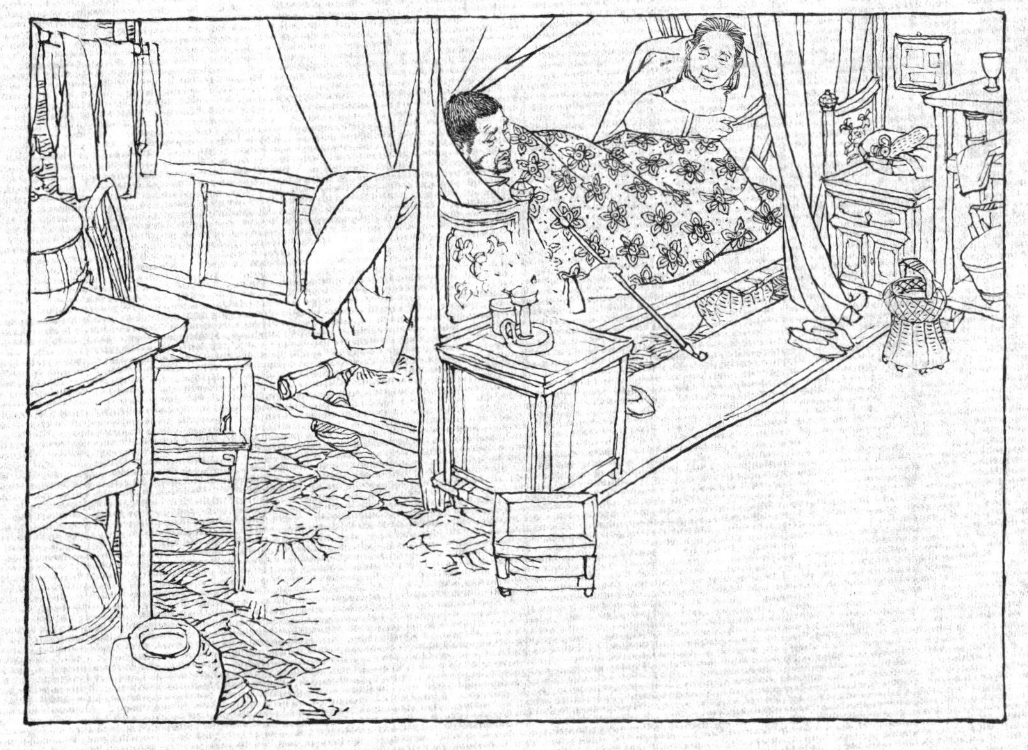

三四 他翻來覆去，鷄叫三回也没睡着。陳媽媽問他想什麽。他說："入社的事。我想，我們老了，田地屋場帶不進棺材。我祇擔憂他們小的將來吃苦。"

三五 陳媽媽説："你擔心哪個？大春不靠你，雪春是人家人，孟春也大了，不要你擔憂。"陳先晋吸了一口烟，又提起了他和他爹親手開的幾塊地："你不曉得，我和爹開荒斬草，手裏磨起多少血泡！"

三六 陳媽媽説："不要光想這些了，靠這幾塊地，我們也没發財。入了社，公衆馬，公衆騎，我們衹要做，衹要吃，免得操心淘氣。"隔了好久，陳先晋説了句："是倒也是的。"

三七　天剛發亮，陳先晋掮起鋤頭，到地裏去挖了一陣，看看這巴掌大的幾塊地，自言自語：“入吧，入了算了。”可是想到當年他和他爹開這幾塊地的辛苦，熬不住一陣傷心。

三八　他跑到他爹的墳前，眼淚就湧了出來，索性放下鋤頭，坐下來哭了一場。

四三 月輝說：“土地證倒不要急，想通了就好。”陳先晋果斷地說：“我說一是一，說二是二，從來不三心二意。你不信，我抱個雄鷄來斬了，發個誓。”月輝忙道：“我信我信，發什麽誓！”

四四 陳先晋見好多人來找李主席，便起身告辭。在回家的路上，聽見路邊山上有人招呼：“老晋哥你從哪裏來？”抬頭一看，是菊咬金，便說：“從鄉政府來。我把土地證交了。”

四五 菊咬金吃了一驚，呆了一會説：“你入社了，那從前説的話，都不算了？”陳先晋覺得抱歉，解釋道：“我想來想去，村裏人都入了社，水源、糞草、石灰都在人家手裏，單幹有困難。”

四六 菊咬金心裏發火，却裝了一臉笑説：“恭喜你爬上去了。”説完，衹管揮動柴斧，劈樹丫子，没有再理陳先晋。陳先晋不會説話，心裏又覺得過意不去，低着頭管自去了。

四九 菊咬金老婆是個厲害角色，可是怕菊咬金，不敢多問，舀了碗冷水，給他扯痧。後頸窩、眉心、背脊，都扯出了一條條紅痧來。

五〇 菊咬金扣好衣服，又剪了兩塊太陽膏藥，貼在兩邊太陽穴上，吩咐老婆："我在後邊碓屋裏篩米。你留神着，看見有人來，趕快報個信。"

五一 他篩了一袋烟的時候，老婆慌慌張張地跑進來說：“有人來了。”菊咬金説：“哪一個？”老婆説：“李主席和那縣裏來的婆娘，已經進大門了。”

五二 他一邊小聲駡：“你不早報，蠢家伙！”一邊從碓屋飛跑進房間。

五三 他一頭倒在床鋪上，順手拿起他老婆包頭的縐紗，捆在頭上，把被窩蒙頭蓋腦地扯在身上，輕聲哼起來。剛哼了兩聲，李月輝進了房間，關心地問："老菊病了？幾時起的？"

五四 秀梅心裏懷疑：剛才明明有人在碓屋裏篩米，怎麽他病了？她向李主席丟了個眼色。李月輝輕輕揭開被窩，看了病人的樣子，滿懷同情地説："哪裏不舒服，老菊？要不要去請個醫生？"

六三 雨生嘆了一聲說：“不要吵，有話好好商量吧。”菊咬金老婆說：“雨生哥，你給我評評，他入社，爲什麽逼着我也入？强迫入社，這不是違反人民政府的政策？”

六四 菊咬金吼了一聲：“你懂個屁！”又對雨生說：“别理這婆娘，我們出去談。”他把聲音壓低些：“要不是她拖後腿，我早申請了。我們走吧。”説着，拉了雨生往外走。

六五 菊咬金老婆趕出來，一把抓住菊咬金，叫道："敢走，你這倒霉鬼！"菊咬金火了，紅脖漲臉地給她一巴掌。他老婆又撞又叫："你打，你打，我們離婚！"兩夫妻就在劉雨生面前扭打起來。

六六 劉雨生聽見"離婚"兩字，不由自主地心驚肉跳，勉强上前拉住菊咬金，勸道："入社的事，好好商量商量，何必動手動脚。"菊咬金氣得眼都紅了，他老婆却坐在地上號哭。

六七 左右鄰舍聽見哭聲，都擁進來了，有的看熱鬧，有的扯勸。菊咬金老婆邊哭邊罵：“你打了我，會爛手爛脚，不得好死，老老小小死完你一家門！你這吃槍子的殺頭坯！”

六八 菊咬金衝上來：“我打了你，有本領就去告！”鄰舍們攔住了菊咬金。他老婆跳起身，往外奔跑，一迭聲説要去跳水。

六九 幾個婦女把她攔了回來，她還是口口聲聲要離婚。劉雨生看這情形，跟菊咬金有些同病相憐了，勸他說：“你先躲躲她，吵得多了，和睦夫妻也會傷損感情的。”菊咬金祇是唉聲嘆氣。

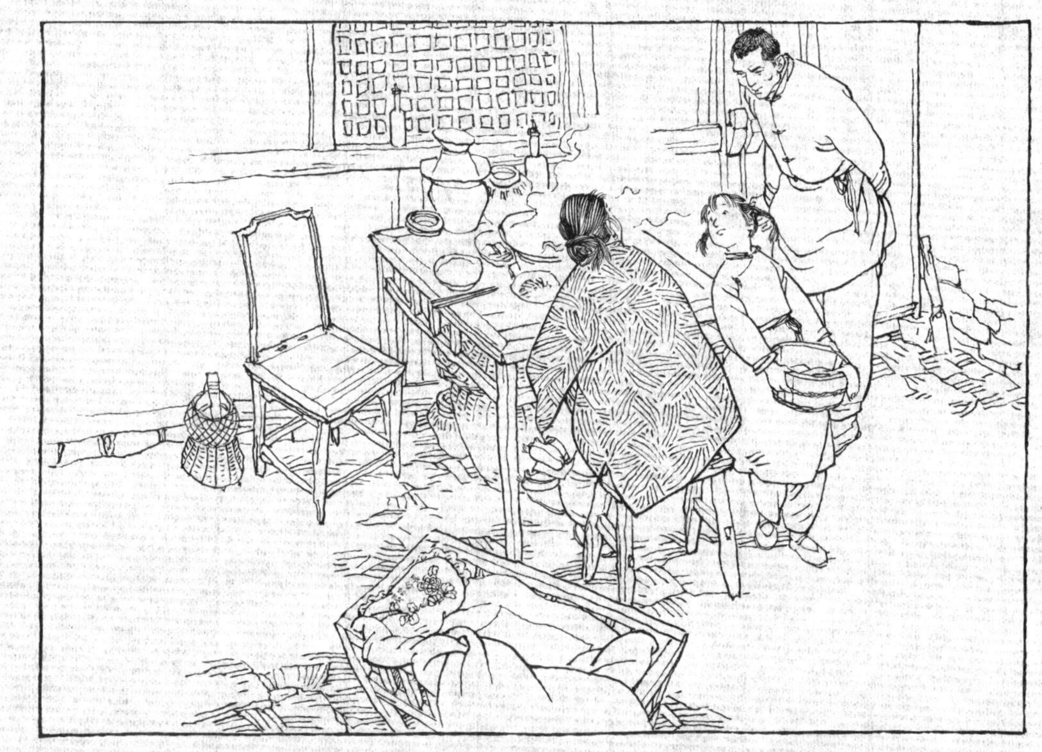

七〇 劉雨生滿懷同情地走了。鄰舍們也陸續散去。菊咬金出去關上大門，回進竈屋。他老婆見他一臉怒氣，驚訝地說：“戲做完了，你還裝臉色給哪個看？”菊咬金說：“做戲？哪個叫你罵得這樣兇！”

七一 他老婆笑道："假戲真做，不罵得狠些，人家不會相信。"菊咬金說："也要圖個吉利。你咒我死一家門，吃了槍子還要殺頭，真是個天生的潑婦。"正說着，大門外有人大笑起來。

七二 菊咬金大吃一驚，跑去開門一看，幾個鄰舍婦女邊笑邊跑邊說："我還防他夫妻再吵起來，哪知唱的是戲，虧他們做得這麽像，真是好角色。"

七三 菊咬金夫妻串戲的事傳開了，當然也傳到鄉政府。劉雨生摸了一下頭說：“我原先有些疑心，後來讓他們吵離婚吵糊塗了。”治安主任盛清明笑道：“這叫做蛇咬一口，見了爛草繩也擔心。”

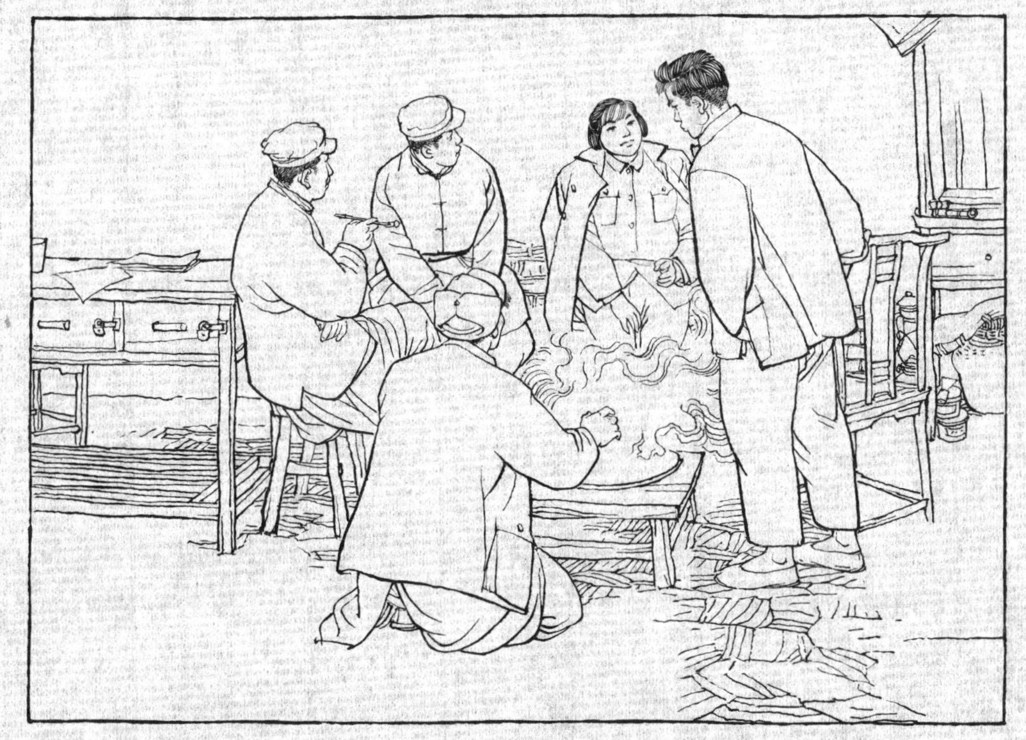

七四 陳大春跳起來，要去把菊咬金叫來，問他爲什麽欺騙幹部。秀梅忙攔住他，問起秋絲瓜的情況。大春說：“這傢伙儘敷衍，吞吞吐吐，不給你定局，我真耐不住。”秀梅道：“要耐住，多去幾次。”

七五 傍晚時候，秀梅和大春一同出去，問起淑君入團的問題。大春說："支部批准了她的申請，還没填表。"秀梅說："她近來表現出色，快讓她填吧。"

七六 就在這天晚上，淑君填好了表格，送到大春家裏。大春送她出來，告訴她："團裏馬上要討論一批人。我估計，你没有問題。"淑君說："那你該慶祝慶祝我，陪我多走一段吧。"

七七 他們並肩地、默默地走了一段路。沁人的茶子花香和刺鼻的野草清氣，混和在一起陣陣吹來。淑君小聲説：“我要成爲團員了，你不歡喜嗎？”大春點點頭。淑君又説：“别人入團，也能叫你這樣歡喜嗎？”

七八 大春説：“一樣一樣，每一個人入團，我都歡喜。”他忽然覺得淑君好一會不曾響，低頭啾啾，彷彿見她眼睛裏發亮，她哭了。大春吃了一驚，隨即有些明白了，連忙改口説：“不過，你的申請使我特别歡喜。”

七九 淑君高興起來，靠近一點，仰起臉問："爲什麽特别歡喜呢？"大春没有回答她的話，却指着山口説："我們上山去，我帶你去看個地方。"

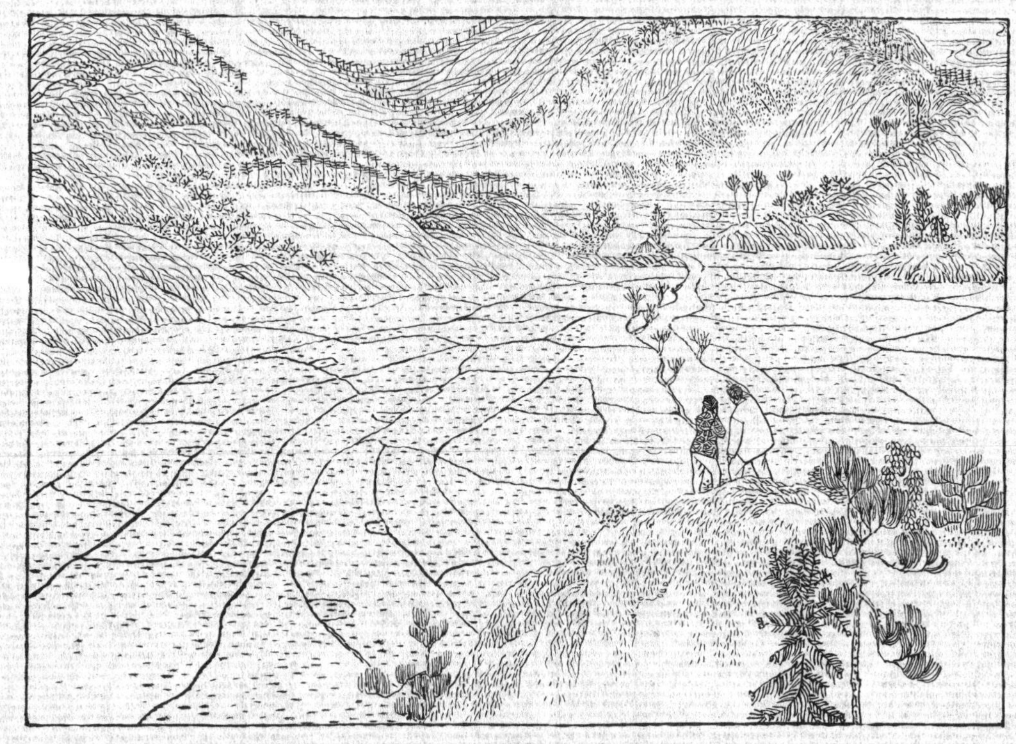

八〇 他們尋路上山，繞到陳家後山，大春指着對面説："你看這像什麽？"淑君一望，對面山下有座小小的茅屋，便笑道："那是個茅屋子。"大春説："你把山和屋連在一起看。"淑君看了一會説："像個山窩子。"

八一 大春笑着說：“我可有個打算，要在這裏修一個水庫，使村裏的乾田都變活水田，産的糧食會吃不完，拿去支援工人老大哥；老大哥也會把電燈、電話送下鄉來，日子可美呢！”

八二 淑君迷迷惘惘地說：“多美，我們要一座新房子，安上電燈。”大春說：“我們？……”淑君說：“是我們。人家都說，我們如何如何了，難道你？你告訴我，你到底怎樣想？”

八三 大春躊躇着没答話，淑君身體軟軟地靠着一棵樹，哭了。大春就是個鐵石心腸的人，到這時也不由得憐愛起來。他拉住她的手說：“别哭，淑君。不過，你打破了我的計劃。”

八四 淑君靠着他說：“什麽計劃？”大春說：“我本來打算要滿二十八，等國家的第二個五年計劃完成了，村裏來了拖拉機，那時再戀愛。現在……”正説着，忽然看見有個人急急忙忙地翻山過來。

八五 大春忙把淑君推開一點，大聲問："哪一個？"那人停了一下，就一邊跑，一邊叫："民兵隊長，你在這裏。牛讓人偷走了。"跑到跟前，却是治安主任盛清明。

八六 大春跺脚說："你説什麼？哪個的牛給偷走了？"盛清明看了淑君一眼，說："秋絲瓜把他那條黄牛趕出村去了。鄉政府留下李主席坐鎮，其餘的人都已經出村去追，我怕人不够，回來調民兵。"

八七 陳大春搶過盛清明手裏的紅纓槍説："你去調民兵，我馬上去追那狗養的。"盛清明指點着："你從這個山頂翻過去，截住秋絲瓜往南逃的路，我調齊了人，馬上趕來。"

八八 大春和淑君翻山過嶺，到了一條溝裏，發現一個人影。大春橫着槍輕輕走攏去，忽聽對方喝問："哪一個？"一聽就知是鄧秀梅。

八九 淑君叫了聲："鄧同志。"跑去一把把她抱住。大春忙問："牛在哪裏？跑了没有？"秀梅指指下面的山坡："小聲點。跑不了。各山口都有人守了，秋絲瓜長了翅膀也飛不出。"

九〇 大春隨着她指的方向望去，彷彿有幾個人影在晃動，還隱隱約約聽到牛吃草的聲音，便輕聲說："不止一個人。"秀梅說："他找了個幫手，不知是哪個。"

九一 大春猜是龔子元。秀梅聽到一個陌生的名字，總要尋根究底，便問：“龔子元是哪個？”大春説：“一個外鄉來落户的貧農，跟秋絲瓜來往很密，可是總避着人。”

九二 忽然對面山上傳來一陣尖厲的哨音，正是盛清明跟大家約定的分進合擊的信號。鄧秀梅他們奔下山，就見幹部和民兵，從四面八方衝下山來。吶喊的聲音響徹了山谷。

九三 秋絲瓜趕着牛退到山坡邊，看見人多勢衆，手裏又有槍棍，衹好站定。鄧秀梅仔細一看，秋絲瓜的夥伴却是符賤庚，便問：“你是個貧農，怎麽跟他搞到一塊了？”

九四 符賤庚白瞪着眼，一聲不響。鄧秀梅走近秋絲瓜，平静地説：“半夜三更，你把牛趕到哪裏去？”秋絲瓜强嘴説：“牛是我的，聽我趕到哪裏去，你管得着？”

九五 鄧秀梅說："牛是你的，大家都承認。我們衹要你遵守公約：隨便哪個的牛，都不許買賣或宰殺。我們鄉裏缺牛，你還能把牛趕走？下回再不許了。"秋絲瓜一言不發，招呼了符賤庚，趕起牛就走。

九六 盛清明忍不住，忙把棉襖裏邊的麻繩露出一截來，用手碰碰鄧秀梅，小聲問她："這傢伙可惡，要不要綁他一索子？"秀梅堅定地說："不可以。"

九七 她三脚两步趕上去和秋絲瓜走在並排，含笑問：“你想把牛趕到哪裏去？”秋絲瓜説：“到梓山鄉親戚家裏去寄草。”盛清明冷笑道：“梓山鄉在西北角，你怎麽往東南走呢？”秋絲瓜含糊説：“黑夜裏走錯方向了。”

九八 他們走出山谷，到了田塍，路窄了，不能並排走。秀梅落後了幾步，留心觀察秋絲瓜，發覺他的左手總是藏着，肘子從來不彎曲。她覺得可疑，低聲告訴了盛清明。

九九 盛清明故意擠到前面，將身子擦過秋絲瓜的左臂，覺得他的袖子裏有件硬邦邦的東西。

一〇〇 盛清明猛一下子跳到路邊田裏，舉起手裏的扎槍，對準秋絲瓜胸口，粗聲喝道："站住！"大春帶着民兵，一擁上去把他們圍住。秋絲瓜站定了，故作鎮靜地問："什麽事呀？"

一〇一 盛清明喊着：“大春，快搜他身上，他袖筒裏有東西！”大春上前逼去。秋絲瓜頓時漲紅了臉，捏拳撑腰，擺開打架的姿勢説：“你們敢來！我又不是反革命分子，你們憑哪點來搜？”

一〇二 盛清明有點躊躇，因爲縣裏三令五申，幹什麽都得按法律辦事。他看看秀梅。秀梅果斷地説：“搜吧，錯了我負責。”大春帶幾個民兵撲上去，把秋絲瓜和符賤庚都逮住了。

一〇三　大春從他的袖筒裏搜出一把殺猪刀，便遞給盛清明。清明握起刀把子，舉起刀口説："你們看，他帶這兇器幹什麼？"民兵們見了，都駡起來："快拿繩子來，綁起送縣，對現行犯講什麼客氣！"

一〇四　盛清明忙從棉衣裏邊解繩子，鄧秀梅對他擺擺手。她接過尖刀，走上一步，笑笑問："你這是做什麼的？"秋絲瓜陪笑道："鄧同志，事到如今，我不瞞你，我打算在這裏把牛宰了。"

一〇五 陳大春指着他説："你分明想暗殺幹部。我問你，這麽一條牛，你們兩個人宰得它倒？"秋絲瓜低聲下氣地説："要暗殺，我到這個山角落裏幹什麽！至于宰牛，我還在等一個夥計。"

一〇六 鄧秀梅注意起來，問他等的是哪一個。秋絲瓜支吾了一陣説："龔子元。他没有來，一定是不敢。有罪，我一人擔當，不必算他的賬。"

一〇七　秀梅說："你爲什麽要殺牛呢？"秋絲瓜說："我聽說牛要入社，折價還抵不到一張牛皮，所以想宰了牛，賣了牛皮，净賺幾百斤牛肉。"問他從哪裏聽説來的，他又不肯説了。

一〇八　秀梅解釋道："我們早就宣佈：入社自願，你的牛不願入社，是可以的，何必宰殺呢？"秋絲瓜説："的確是我糊塗，我怕不入不行，吃不起這虧，現在算明白了。"

一一一 隨後，他們緩緩回村裏來。鄧秀梅沉思地說：“爲什麼符賤庚這樣死心塌地跟着秋絲瓜走呢？”盛清明說：“有個道理，這個竹腦殼看上離了婚的張桂貞，一天幾次往秋絲瓜家裏跑。”

一一二 秀梅點點頭，又從符賤庚想起了龔子元，這究竟是個怎樣的人呢？他們走到村口，亭面糊等幾個組員都迎上來打聽消息。